FERDINANDO

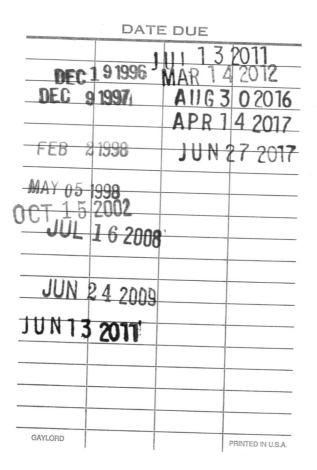

El Segundo Public Library

El Cuento de

FERDINANDO

por MUNRO LEAF

Ilustraciones de
ROBERT LAWSON

PUFFIN BOOKS

PUFFIN BOOKS
Published by the Penguin Group
Viking Penguin, a division of Penguin Books USA, Inc.,
375 Hudson Street, New York, New York 10014, U.S.A.
Penguin Books Ltd, 27 Wrights Lane, London W8 5TZ England
Penguin Books Australia Ltd, Ringwood, Victoria, Australia
Penguin Books Canada Ltd, 10 Alcorn Avenue, Toronto, Ontario, Canada M4V 3B2
Penguin Books (N.Z.) Ltd, 182-190 Wairau Road, Auckland 10, New Zealand
Penguin Books Ltd, Registered Offices: Harmondsworth, Middlesex, England

The Story of Ferdinand first published in 1936 by The Viking Press
This translation first published in 1962 by The Viking Press
Reissued in 1988
Published in Picture Puffins 1990
9   10
Copyright Munro Leaf and Robert Lawson, 1936
Copyright © renewed Munro Leaf and John W. Boyd, 1964
Translation copyright © Munro Leaf and Nina Forbes Bowman, 1962
All rights reserved

Library of Congress Catalog Card Number: 90-61303
ISBN 0-14-054253-1

Printed in the United States of America
Set in Caslon

En España había una vez

un torito que se llamaba
Ferdinando.

Todos los otros toritos con quienes él vivía corrían y brincaban y se daban topetadas,

pero Ferdinando no.

Le gustaba sentarse en simple quietud y oler las flores.

Tenía un lugar favorito afuera en la pradera debajo de un alcornoque.

Era su árbol favorito y él pasaba el día a la sombra oliendo las flores.

A veces su madre, quien era una vaca, se preocupaba por él. Temía que estaba triste tan solo.

— ¿Por qué no corres y juegas con los otros toritos? ¿Por qué no saltas y topetas la cabeza? —le decía.

Pero Ferdinando respondía, moviendo negativamente la cabeza: — Prefiero quedarme aquí donde puedo sentarme en simple quietud y oler las flores.

Su madre se dio cuenta de que él no estaba triste, y como era una madre entendida, aunque era una vaca, le dejó sentado y muy contento.

A medida que pasaban los años, Ferdinando crecía y crecía hasta que se volvió muy grande y fuerte.

Todos los otros toros quienes habían crecido en la misma pradera con él se peleaban entre ellos todo el día. Se topetaban unos a otros y se hincaban los cuernos. Lo que más deseaban era ser escogidos para pelear en las corridas de toros de Madrid.

Pero Ferdinando no. — Todavía le gustaba sentarse en simple quietud bajo el alcornoque y oler las flores.

Un día llegaron cinco hombres con sombreros muy cómicos para escoger el toro más grande, más veloz y más fiero para pelear en las corridas de toros de Madrid.

Todos los otros toros corrieron en torno bufando y topetando, saltando y brincando para que los hombres creyeran que eran muy, muy fuertes y feroces, y los escogieran.

Ferdinando sabía que no iban a escogerle y no le importaba. Por lo tanto se fue a su alcornoque favorito para sentarse.

No miró donde se sentaba, y en vez de sentarse sobre la hierba tierna y fresca, se sentó sobre un abejarrón.

Pues bien, si tú fueras un abejarrón y un toro se te sentara encima, ¿qué harías? Le picarías, ¿verdad? Y eso fue exactamente lo que hizo este abejarrón a Ferdinando.

¡Caramba! ¡Qué dolor! Ferdinando brincó con un resoplido. Corrió en círculos resollando y resoplando, topetando y pateando la tierra como un loco.

Los cinco hombres le vieron y gritaron de júbilo. Aquí estaba el toro más grande y más feroz de todos. ¡Exactamente el único para las corridas de toros de Madrid!

Y se le llevaron en una carreta

para el día de la corrida.

¡Qué día fue ése! Flotaban las
banderas, tocaban las
bandas . . .

y todas las bellas señoras y señoritas tenían flores en el cabello.

En la Plaza de Toros tuvo lugar
una procesión.

Primero vinieron los Banderilleros llevando largos y agudos alfileres adornados con listones, que se disponían a clavar en el toro para enfurecerle.

Después vinieron los Picadores, que montaban a caballos flacos y tenían largas lanzas para clavar en el toro y enfurecerle más.

Luego vino el Matador, quien era el más arrogante de todos. Se creía muy guapo y saludó a las señoras y señoritas. Tenía una capa roja y una espada, y era el que debía dar al toro la estocada final.

En fin vino el toro. Y sabes
cuál era, ¿verdad?

—— FERDINANDO.

Le llamaron Ferdinando el
Feroz y todos los Banderilleros
le temían y los Picadores le
temían y el Matador estaba par-
alizado de miedo.

Ferdinando corrió al centro de la arena y todos gritaron y palmotearon porque creyeron que iba a pelear fieramente y a topetar y a resoplar y a hincar los cuernos en sus adversarios.

Pero Ferdinando no. Cuando llegó al centro de la arena y vio las flores que las hermosas damas tenían en el cabello, todo lo que hizo fue sentarse en quietud y olerlas.

Por más que le acosaron no quiso combatir ni ser feroz. Se quedó sentado, oliendo las flores. Y los Banderilleros estaban furiosos y los Picadores estaban más furiosos y el Matador estaba tan furioso que lloró porque no pudo hacer alarde con su capa y su espada.

Por lo tanto tuvieron que llevar a Ferdinando a casa.

Y según lo que sé, allí está
sentado todavía, debajo de su
alcornoque favorito, oliendo
las flores en simple quietud.

Es muy feliz.

FIN